AF607447

Dolores en la UGR

LOLA GONZÁLEZ

Aliarediciones

Corrección: Inés González Calo
Diseño de cubierta e ilustraciones: Julia Prieto Carretero
Maquetación: Aliar Ediciones

Depósito Legal: GR 305-2024
ISBN: 978-84-10155-64-0

Impreso en España

Edita
ALIAR Ediciones
www.aliarediciones.es
info@aliarediciones.es

A mi familia y amigos/as.

Y a todas aquellas personas
que nunca se rindieron hasta alcanzar sus objetivos
pese a los muchos obstáculos que encontraron en su camino.

La disciplina es la parte más importante del éxito.

Truman Capote

No importa cuántas veces te derriben. Todo lo que importa
es que te levantes una vez más y lo sigas intentando.

Roy T. Bennet

Prefacio

Es oportuno afirmar tajantemente que no es arrogancia el haberme atrevido a poner por escrito en este relato mi paso por la Universidad de Granada a una edad madura.

Entiendo que no he sido la primera en acceder ni seré la última que lo haya hecho. Sin embargo, pienso que no deja de ser una hazaña *—el vocablo me parece acertado—*. No es fácil competir con gente a la que doblas la edad, y conseguirlo pese a las dificultades. Ese logro no me ha obnubilado y soy consciente de que no soy un espécimen raro, otras muchas mujeres también lo lograron.

Si bien, los condicionantes que me rodearon durante esos años fueron tan difíciles y complicados que aún hoy me hacen plantearme la pregunta de cómo pude llevar a buen puerto ese objetivo.

He sentido la necesidad de contar esa historia sin ninguna pretensión en concreto, incluso debo confesar que siento cierto rubor al haberme abierto ante todos ustedes. No obstante, con toda humildad, desearía que este testimonio pudiese servir en algún momento de su existencia, en primer lugar a mis descendientes *—quizás sea muy pretencioso por mi parte, pero ahí queda—* y, cómo no, a otra gente mayor o joven para que no desfallezcan ante las contrariedades y obstáculos que la vida, a veces, se place en ponernos en el camino. Ante todo deben predominar sus sueños e intentar alcanzar la meta que se propusieron en una determinada circunstancia.

De todas formas, tengo la absoluta certeza de que sin el apoyo siempre incondicional de mis hijos, quizás no hubiera podido con ello.

Igualmente le tengo que agradecer a mi marido, que hace ya unos años que nos dejó, que supiera adaptarse a una situación nueva a la que no estaba acostumbrado y que le hizo replantearse un modelo nuevo de convivencia.

Lola González García

Dolores en la UGR

LOLA GONZÁLEZ

COMIENZOS

Ilusión y temor cabalgan juntos

Fue poco antes de despuntar los noventa cuando Dolores —con los cuarenta ya cumplidos— ingresó en la Universidad de Granada, para ser más precisos en la facultad de Filosofía y letras.

Ascendía la cuesta para arribar al lugar, acompañada de una de sus hijas —*aquí utilizaremos la costumbre china para denominar a sus vástagos:* hija *Mediana*— y del novio de esta. Describiremos su estado de nerviosismo comparándolo con un flan cuando se intenta trasladar con prisas de un lugar a otro. Eso no impedía que fuese discurriendo sobre que, pese a los muchos impedimentos que había tenido que superar, por fin había conseguido entrar en el templo del conocimiento.

A lo largo de su vida había escuchado en repetidas ocasiones aquel comentario que afirmaba que la cultura no residía en la Universidad. Discrepaba bastante de esta opinión, considerándola ella el lugar donde, como mínimo, te despojaban de las telarañas tejidas con tesón en tu mente, incitando a pensar, indagar, poniendo en entredicho todo lo aprendido hasta ahora. Con todo, en el transcurrir de los años siguientes, comprobaría que su influencia beneficiosa no actuaba de igual modo en todas las mentes. Para algunos y algunas parecía que el resultado de esos frutos no traspasaba el umbral de la puerta.

Había pedido que la escoltaran *—puede que el verbo suene un poco fuerte—* pero temía estar dando vueltas por esos largos, tenebrosos y fríos pasillos *—así los vería durante las primeras semanas—* sin saber dónde ubicarse. Tampoco era de extrañar, despistada por naturaleza además de no poseer ningún sentido de la orientación, se perdía con frecuencia en cuanto salía de su barrio. Los jóvenes, sumamente delicados con ella, la dejaron en la puerta de la clase donde se impartía latín, la primera materia a la que asistiría a primera hora de aquella tarde.

Se esmeró en escoger el sitio donde sentarse: en la bancada de la izquierda, en la cuarta fila. Deseaba que su presencia no se notara en exceso. Aunque tampoco le gustaban los últimos bancos, no le apetecía sentirse desterrada. Cuando entró solo vio allí a un par de chicos que la miraron con curiosidad. El aula, bastante amplia, constaba de tres hileras de bancos. La del centro disponía de asientos más anchos donde cabían perfectamente tres alumnos; poco a poco fueron llegando los estudiantes hasta llenarse por completo. Esta materia era común a todo el alumnado de las filologías, independientemente de la especialidad. Aparecieron otras cuatro personas mayores que estarían en la trentena. Se alegró de no ser la única que soportase las miradas jóvenes de los compañeros que tenían la edad de algunos de sus hijos.

La profesora de latín resultó ser una mujer encantadora. Se apreciaba que le gustaba tener a adultos en su clase. Dirigía muy a menudo su mirada hacia Dolores que la escuchaba sin apenas comprender nada. Esa tarde *—como otras muchas que vendrían después—* se halló torpe e inepta, el latín no había estado integrado en su formación. Poseía un título académico que acreditaba la adquisición de una cultura general, y posteriormente cursó un año de secretariado. No pudo seguir estudiando por circunstancias concretas. Toda su familia, incluyéndola a ella, tuvo que huir de Argelia, un país en guerra y volver a empezar de nuevo en España. Este cambio tan drástico imposibilitó que continuara desarrollando una formación académica completa.

En la clase de lengua se sintió también perdida. Hubo un momento en el que se preguntó qué hacía allí, no estaba preparada para esto. La gente suele utilizar con frecuencia la frase «tengo algunas lagunas» cuando se quieren referir a una falta de conocimiento sobre algo preciso, pero Dolores, esa tarde, se sintió inmersa en una laguna de dimensiones considerables y con el agua al cuello.

Su marido la recogió aquel primer día. Esta fue una tarea que se impuso siempre que sus turnos de trabajo se lo permitían. Un cierto temor lo aguijoneaba. Le inquietaba que su mujer fuese a desaparecer, después de haber estado como hoja de árbol perenne más de veinte años en el hogar esperando su vuelta. La vio mustia y un poco apagada, si bien actuó como se esperaba, tranquilizándola y diciéndole que no pasaba nada si no podía con ello. Íntimamente reconocía que era difícil que pudiese sortear todos los obstáculos que tenía ante ella: sus escasos conocimientos para afrentar una carrera universitaria, sin obviar la carga familiar. Ella ostentaba el puesto de pilar principal y determinante de una familia numerosa y con suegra incluida.

En cuanto llegó a su casa, hubiera deseado abrir y estudiar los apuntes de las diferentes materias dadas, no obstante, fue un anhelo imposible de cumplir. Cada uno de sus hijos tenía algo que contarle: desde alguna dificultad con los estudios, al comportamiento de un profesor en particular; o comentarle sobre cualquier perspectiva de las relaciones de pareja de dos de sus hijos. Todo esto ocurría mientras preparaba la cena. Hizo acopio de toda su calma para poder escuchar a cada uno.

Luego, arregló la cocina, que por el hecho de ser de dimensiones reducidas, no quedaba más remedio que limpiarla y dejarla preparada para los desayunos de la mañana. Posteriormente se dedicó a recoger la ropa que había tendido por la mañana y doblar lo que no era necesario planchar. Por el contrario la que requería ese repaso caldeado se guardaba en un canasto hasta el fin de semana.

Cerca de las doce, con la casa ya en silencio, podía volver a su tarea de estudiante. Y, pese al cansancio, ese primer día le sucedió algo extraño que se repetiría a lo largo de los años de carrera. Una vez sumergida en su estudio, la paz, tanto tiempo alejada y añorada, volvía a su espíritu, logrando sentirse bien consigo misma a pesar de las dificultades que le suponían aquellas tareas académicas.

Se encontraba a gusto en esta habitación situada justo a la entrada del piso, independiente del resto de las otras habitaciones. Era pequeña y la mayor parte del tiempo había sido utilizada como sala de estudio. Un mueble de estantería alto y estrecho encajado perfectamente en un hueco al lado de la ventana, contenía los libros necesarios para estudiar: diccionarios, enciclopedias, libros de consulta, etcétera. Una mesa grande, seis sillas y una pizarra constituían todo el mobiliario. Aquí había pasado casi todas las tardes durante años cuando sus hijos eran pequeños y ella los ayudaba con sus deberes. Una labor que por cierto había disfrutado realizándola. A las cinco y media de la tarde, cada día, después de la merienda, se sentaba junto a ellos, dispuesta a prestarles su ayuda. No había nada más importante para Dolores que este quehacer que consideraba de suma importancia. Fue ella quien enseñó a leer a uno de sus hijos que había sido desahuciado por la escuela de entonces, al tener un problema de TDAH. La maestra le confesó su impotencia para hacer que el alumno estuviera atento en clase y aprendiera a leer. Dolores puso todo su empeño, tarde tras tarde, incluso en vacaciones, pese a lo difícil de la situación para que su hijo lo consiguiera.

En estos últimos años, la habitación había adquirido otra dimensión diferente para ella. Se había convertido, especialmente por las noches, en su refugio donde el silencio era su mejor aliado para poder cumplir con su sueño.

Tendremos que aclarar que no todo eran complicaciones en su primer año de carrera. Existían también asignaturas que le resultarían más bien fáciles, como las que tenían relación con la lengua francesa.

No habíamos hecho referencia a que los estudios que Dolores había cursado con anterioridad fueron impartidos en esta lengua por unas condiciones determinadas. Fue educada desde muy pequeña en la escuela francesa al residir en una colonia, que entonces pertenecía a Francia. Esa fue la razón por la que escogió estudiar filología francesa. En un principio no lo tuvo claro, en realidad estuvo muy desorientada. Fue la profesora que la había preparado para el examen de acceso para mayores de veinticinco años, la que la alentó a elegir aquella especialidad al disponer ella de esa base de conocimientos en esta lengua extranjera.

Habrá que remontarse años atrás para hacer un retrato completo de esta historia.

POR DÓNDE EMPIENZO

El día que comenzó todo

Hacía tres años largos que Dolores había vuelto a estudiar.

La idea no partió de ella sino de una amiga con la que por aquel entonces compartía una gran amistad. De entrada, la desechó por completo, tenía demasiado trabajo en casa, sus cinco hijos le demandaban mucha atención, pese a que algunos fuesen ya mayores. Cuidaba también de su suegra que vivía en el mismo edificio. Debido a sus dificultades de movilidad, ella se encargaba de solucionarle muchas de sus salidas.

No es que no le tentase la idea de volver a estudiar, pero arrastraba un temor: hacía solamente un par de años que había recuperado su energía. Esa fuerza y vigor que deberían haber predominado en toda su veintena, fueron barridos por la aparición de la enfermedad de Addison que sufrió durante toda esa época. Fueron meses y meses, convertidos en años muy duros donde el cansancio se convertiría en el rey de su cuerpo, robándole toda su energía. Además de las crisis de hipoglucemia que la dejaban exhausta en cama durante semanas, estaban sus estancias en el hospital. Al estar la enfermedad encubierta, tardaron años en encontrar el origen de esas crisis que la imposibilitaban en su quehacer diario. Por fin, con el tratamiento adecuado, iría remontando hasta que poco a poco, tras años de medicación, pudo volver a llevar una vida normal.

Pese a que le aseguraron que estaba casi curada, le había quedado un cansancio crónico por lo que le aconsejaron que debía llevar una vida muy ordenada. Esto era en resumen lo que en principio la frenaba. Embarcarse en cualquier cometido que no formase parte de su rutina, le asustaba. Y le costaba creer que su cuerpo pudiese tirar de otra carga más.

Diversos condicionantes influyeron en Dolores para que se casara con solo diecinueve años. Y los hijos fueron apareciendo con tal rapidez que cuando quiso darse cuenta había superado el tope de lo que se llamaba por aquel entonces «familia numerosa», estando ella aún en la veintena. No se explicaba cómo había sucedido, pero se encontró con una vida que nunca había imaginado ni planeado, una vida que la engulló sin haber sido consciente de ello.

Su primogénita, a la que llamaremos hija *Mayor —continuando con la costumbre china—*, estudiaba primero de derecho y fue sin saberlo la que le propinó el empujón definitivo. Un día, a mediados de octubre durante el almuerzo, planteó una duda sobre un tema que desconocía. La pregunta iba dirigida hacia la madre. No obstante, cuando la consulta planteada llevaba medio recorrido, se arrepintió dando a entender que ella no estaba capacitada para comprenderla y se la propuso al padre. Dolores se sintió herida en su amor propio. En ese momento fue claramente consciente que se había quedado fuera de la transformación que estaba ocurriendo a su alrededor, y relegada solo a su papel en el hogar. Su hija lo notaba y sin quererlo se lo había demostrado. Hacía unos años que ella percibía y observaba ese cambio: en los programas de la tele, en la radio de la mañana, incluso la forma de expresarse estaba cambiando. Por otra parte, la presencia de mujeres en diversos ámbitos, que anteriormente solo ocupaban los hombres, mostraba que poco a poco, aunque sin detenerse, se estaba asistiendo un periodo de modificación en hábitos que parecían asentados desde hacía decenios.

No hizo comentario alguno. Solo que, en cuanto terminaron de comer, antes de ponerse a fregar platos y arreglar la cocina, telefoneó a su amiga para comunicarle que cuando quisiese irían a informarse al centro de mayores de radio ECCA sobre lo que se necesitaba para prepararse el graduado escolar.

A la mañana siguiente se dirigieron al centro. El curso había comenzado hacía unos días. No obstante, les aseguraron que no suponía ningún problema inscribirse y que ellas lo podían iniciar ese mismo día. Salieron del centro con todo el material para, a partir de esa noche, proseguir la clase que se impartía radiofónicamente y realizar los ejercicios en los diferentes cuadernos que se les habían entregado. A las diez de la noche había que estar delante del transistor para recibir las explicaciones sobre las distintas materias *—somos conscientes de que todo esto suena a muy antiguo—*. El hecho de que la formación se impartiera de forma no presencial la animó, porque de esta forma podía conciliar su trabajo de ama de casa con este estudio intensivo dirigido a la población adulta. La tutoría tenía lugar los viernes por la tarde. Consistía en un repaso de varias de las asignaturas, si bien predominaban las de matemáticas, lengua española y una lengua extranjera que podía ser inglés o francés.

El hecho de encontrarse con otros compañeros le proporcionaba un aliciente nuevo, aunque le asombraba que la mayoría fuesen mujeres. Se notaba en el ambiente las ganas de muchas féminas de conseguir el título de graduado escolar. Algunas porque se lo exigían en sus trabajos actuales. Otras, para acceder a otros puestos mejor remunerados. En este entorno se sentía a gusto, advertía el cambio que se estaba produciendo en la mente de distintas mujeres que ya no se conformaban con ser solo amas de casa. Y no transcurriría mucho tiempo para que —aunque nunca lo dijese en voz alta— sintiese que pertenecía a este grupo inconformista, pese a no salir a la calle con ninguna pancarta reivindicativa. Eran las hormigas calladas y trabajadoras que habían aceptado su papel sin rebelarse: unas tuvieron que abandonar sus estudios porque en aquel tiempo se precisaba de su ayuda en casa para las indisolubles tareas domésticas o el cuidado de niños y mayores; otras empezaron a trabajar muy jovencitas en la costura o de dependientas. Sin embargo, ante la primera oportunidad que se les estaba brindando, se amarraron a esta cuerda que les habían lanzado y con la que pretendían mejorar sus vidas. Las calles se fueron llenando de mujeres de todas las edades con sus carpetas debajo del brazo.

A partir del inicio de esta nueva actividad académica, Dolores recobró la ilusión y mejoró su estado anímico. De su estómago desapareció una sensación general de insatisfacción que la oprimía y acompañaba desde hacía tiempo, y de la que no fue consciente hasta que se evaporó. Descubrió que le gustaba estudiar. Disfrutó aprendiendo la historia de España, que desconocía bastante, y no constituyó problema alguno la estructura de la lengua española que le recordaba a la francesa al derivar las dos de la lengua madre, el latín.

Algunas veces tuvo que recurrir a su marido o al esposo de su amiga para resolver algunos problemas de matemáticas.

Tras unos meses, obtuvo el graduado escolar con la máxima nota y, acompañándolo, un «gusanillo» aposentado en su interior que le impelía a continuar estudiando.

El siguiente paso fue matricularse en otro centro de mayores donde se impartía un monográfico de historia y literatura. Como había ocurrido en el curso anterior, se deleitaba con lo que iba aprendiendo. Allí conoció a otras mujeres, amas de casa como ella que querían seguir formándose: algunas deseaban preparar oposiciones —se necesitaba mucho personal para cubrir los puestos de funcionariado en la Junta de Andalucía, que no hacía muchos años había comenzado su andadura como institución—. Otras, que conformaban un pequeño grupo, querían prepararse el examen de acceso a la Universidad. A Dolores le atraía más lo segundo. No es que no le gustase poder tener su independencia económica si conseguía hacerse con una plaza en el cuerpo de funcionarios, sin embargo el deseo de ingresar en la Universidad se coló en su mente borrando todo lo demás. Tenía tantos deseos de aprender, de saber... Para expresarlo de una forma más evidente, diríamos que tenía hambre y sed de conocimientos. Estaba dispuesta y quería aprovechar la coyuntura que se ofrecía. Era un reto que se propuso alcanzar.

Un acontecimiento en su vida familiar vino a romper su rutina de estudio. Su hija *Mayor* quedó embarazada, teniendo que suspender sus estudios de derecho a causa de una gestación complicada —años más tarde terminaría dicha carrera—. Fueron unos meses difíciles para toda la familia. Dolores no recobró sus ganas de seguir aprendiendo hasta que su hija dio a luz a una niña que ella acogió como si fuese otra hija más, debido a su temprana edad para sentirse abuela.

Empezó a preparase por su cuenta el examen de acceso que desafortunadamente no logró superar, si bien le sirvió para comprobar que era factible conseguirlo, solo le había faltado preparación.

Regresó al centro de mayores de ECCA que había incluido en su currículo ese curso de formación para realizar con éxito esta prueba de acceso a la Universidad. Ahora la metodología era semi presencial. El trabajo duro se realizaba en casa con el temario de las diferentes materias que les proporcionaban el viernes por la tarde. Ese día se asistía a clase donde se corregían los ejercicios y las redacciones y se impartían materias como matemáticas y lengua. El resto de asignaturas tales como historia y geografía tendrían que estudiarlas cada uno por su cuenta. Mujer muy disciplinada, se organizó de tal manera que su familia apenas si lo notó. Se trataba de madrugar algo más y de acostarse un poco más tarde. Ese sacrificio le parecía ínfimo comparado con la ilusión de poder alcanzar su meta.

Llegó el día del examen escrito. Conforme iba haciéndolo se daba cuenta de que esta vez lo conseguiría, no encontró ninguna dificultad, todo lo contrario, le resultó sumamente fácil.

Luego superaría también con holgura el examen oral. Era la prueba que la mayoría temía. Se trataba de una entrevista con un profesor de la facultad que, desde el punto de vista psicológico, valoraba si la persona que tenía sentada enfrente disponía de la capacidad suficiente para enfrentarse a ese cometido. Desde el comienzo del interviú, Dolores no tuvo ningún problema, reconoció el examinador que ella tenía la base para hacer esa carrera y se desahogó contándole lo poco apropiadas que eran las carreras que algunos de los examinados habían escogido. Se le veía enfadado. Al final le preguntó si tenía tiempo para ello: «todo el tiempo del mundo», le contestó ella, sus hijos estaban ya mayores. Esa respuesta la había aprendido durante su preparación. Por lo visto se comentaba que la Universidad no quería que los mayores enfermaran de ansiedad por la falta de tiempo —*si esto fuese un WhatsApp pondría una carita sonriente*—.

La inmensa alegría que sintió cuando supo que había aprobado no se podía comparar a nada de lo que le había sucedido hasta ese momento. Tenía ganas de gritarlo a los cuatro vientos. Esa mañana perdió su compostura ecuánime. Ella, que presumía de ser reservada en cuanto a su vida privada, se asomó a la ventana y le gritó desde el quinto piso a su hija *Menor,* que regresaba del cole, que había aprobado. La pequeña no acertaba a saber lo que su madre había aprobado, aunque se sintió feliz al verla tan alegre. Hoy en día todavía esa hija es capaz de relatar a su madre con nitidez cómo vivió y sintió aquel instante. Tan inmensa era la alegría transmitida, que dejó grabada en aquella mente infantil la sensación de que su madre había conseguido algo muy grande, tanto como si les hubiera tocado la lotería *—deseo por otra parte siempre muy imaginado y casi saboreado en esa familia—*. Y tal fue la intensidad percibida en la emoción de su progenitora, que esa sensación de alegría la contagió y quedó grabada por siempre en el alma de su vástago más pequeño. Realmente era extraño que Dolores, con lo comedida que era, le hablara con voz fuerte desde aquel alejado vano. Cuando ella, desde aquella misma ventana, tenía que avisar para que cesaran en sus juegos y regresaran a casa, lo hacía de forma muy diferente al resto de madres que la rodeaban. Poco antes del almuerzo o de la cena, como campana que anuncia el final del recreo, comenzaban a escucharse los nombres propios de todos los niños que se divertían en aquella calle de barrio. Se oían los gritos de aquellas madres, o de algún padre o hermano mayor, con un timbre de voz más o menos afinado, conseguían que las ondas sonoras descendieran del quinto, cuarto o tercer piso hasta el oído de su hijo y del resto del vecindario también. Dolores no actuaba así. Ella utilizaba un siseo tan suave que ni sus propios hijos se explicaban cómo lo oían entre el griterío de la chiquillería. La niña comprendió que tenía que ser algo muy importante para que sucediera este cambio. La mujer se hallaba en un estado de júbilo, de satisfacción personal que no experimentaba en años. Esa complacencia era solo suya, debida únicamente a su esfuerzo sin olvidar los buenos profesores que había tenido y que habían sabido guiarla para escoger la carrera adecuada. Llevaba años alegrándose por los estudios que sus hijos iban superando al igual que los de su marido que seguía estudiando y logrando éxitos como preparador de opositores para ingresar en telefónica.

Sin embargo, hoy era su día especial. Por fin había avanzado un paso más para que su vida, enfrascada demasiados años únicamente en el trabajo del hogar, pudiera expandirse y abrir su mente más allá de las paredes de su casa. Todos sus problemas —que abundaban en cantidad por aquellas fechas— fueron arrollados por este vendaval de optimismo, de entusiasmo, pasando a ocupar todos ellos un segundo término. Se sintió capaz de todo, pensó que nada ni nadie iba a impedirle alcanzar su meta.

LO QUE LE ESPERA

Llegaron los Cambios y lo que eso suponía...

Después de dos meses en la facultad, Dolores se encontraba completamente integrada.

Muy sociable, de carácter abierto pese a ser bastante tímida en algunos aspectos, se halló formando parte de un grupo de estudiantes con los que se sentía a gusto. Los percibía como una prolongación de sus hijos. En las pausas que transcurrían en la cafetería —le encantaba este lugar tan espacioso ocupado por el bullicio de los jóvenes cuyas voces la envolvían y le transmitían energía— se dedicaba a escuchar sus anhelos, sus preocupaciones, sus disentimientos con los padres y sus enamoramientos. Escuchar los problemas de los demás la distendía y le hacía olvidar los suyos propios. Por otra parte a ellos les gustaba igualmente que les contase anécdotas sobre los caracteres de sus hijos, y comentarios sobre la vida en pareja. Dolores siempre fue una buena contadora de historias como su madre —*cuando era pequeña se podía pasar horas mientras su madre le contaba historias de su pueblo y de sus habitantes*—, por lo que las risas, lágrimas y confesiones entremezcladas, convertían esos ratos en algo muy agradable que le ayudaba a paliar los momentos duros.

No encontró ningún problema a la hora de pedir apuntes para completar los suyos. No disponía ella entonces de la agilidad necesaria para tomarlos íntegros por mucho que lo intentase. Con todo, hubo una chica *—que llamaremos Laura—* con la que estableció una conexión especial. Le confesó que ella no la veía como una madre sino como una amiga. Y ese fue el principio de una amistad que duraría años hasta que marchó al extranjero. Dispuso de una gran ayuda con ella en todos los aspectos: aclarándole comentarios o propuestas de algún profesor cuando Dolores no había prestado atención o simplemente no había entendido lo que se había planteado. Luego la complicidad llegó a ser tal, que ambas encontraron la una en la otra, el consuelo que necesitaban en un momento dado. Para Dolores era sobre todo su miedo a fracasar.

Cuando el curso comenzó, ella se conformaba con aprobar unas cuantas asignaturas, las suficientes para poder proseguir y que no le dieran *—como se suele decir—* «con la puerta en las narices». Se había convencido a sí misma de que lo primordial era no tirar la toalla, sin importar los años que tuviera que concederse. No obstante, tras recibir la beca que le facilitó la gratuidad de su matrícula, se empeñó en que no podía perder esa oportunidad que debía preservar para el siguiente curso.

Esa decisión influyó decididamente en su vida familiar.

Durante los primeros meses tenía con frecuencia la sensación de que había abandonado a su familia, que les estaba fallando al no permanecer omnipresente, al no priorizar sus demandas como antes de empezar a empotrar su cabeza en los libros. A la par de ese remordimiento, se establecía en su interior una lucha por un derecho que reconocía justo y al que no podía ni quería renunciar. Les había dedicado a todos una buena parte de su vida, atendiendo a todas sus necesidades físicas y emocionales. Había intentado hacerlo lo mejor que había podido, afanándose en ese empeño, pese a saber que la función de educadora de una prole numerosa resultaba una tarea sumamente complicada e impedía sentirse completamente satisfecha. Si bien creía firmemente que ahora había llegado su momento, un espacio que se había ganado a fuerza de sacrificios. Y finalmente fue esta segunda reflexión la que venció.

Es absolutamente necesario señalar que, ese recorrido donde se alternaban las reflexiones y los remordimientos no fue un camino fácil ni se dilucidó de forma rápida y sencilla, sino que necesitó de un tiempo largo de introspección. No obstante, lo importante fue que poco a poco echó raíces dentro de ella el convencimiento de que estaba en el sendero que deseaba estar. Y lo que la alentaba cada día era la idea, que se había ido instalando en su interior, de que tenía derecho a llevar a cabo este proyecto nuevo de vida.

Luego, los hijos se fueron acostumbrando a hacerse la cena cuando no había nada preparado, a plancharse una camisa o un pantalón.

El marido logró habituarse a esta nueva vida cuando comprendió que no había marcha atrás, que su mujer había emprendido una ruta a la que no estaba dispuesta a renunciar. A pesar de que le costase reconocerlo, muy en el fondo de su ser, sabía que no podía oponerse por la sencilla razón de que ella desde siempre lo había apoyado en su ascenso profesional. Tuvo que marcharse durante nueve meses a Madrid para cursar la formación necesaria que le serviría de trampolín en su ascenso, y que además necesitaba para sentirse satisfecho con su trabajo. Y él lo logró pese a todos los problemas que en esos momentos rodeaban su vida familiar. Se quedó ella con tres niños pequeños, la mayor con tres años y la pequeña con solo dos meses. Igualmente tuvo que ocuparse de los padres de él que, enfermos, estuvieron una temporada a su cuidado. Nunca se había quejado, todo lo contrario, había encontrado en su mujer la ayuda y el apoyo que necesitó en cada momento.

Pese a todo, no fue fácil en absoluto. En aquellas generaciones predominaba el carácter machista en la dinámica familiar, y el marido de Dolores pertenecía a estas. Le resultó duro adaptarse a los cambios de rol, de pensamiento tanto de su mujer como de sus hijas que la seguían. Ya no estaba todo y todos esperándole en el hogar, la comida preparada, la esposa siempre dispuesta y atenta... Las tensiones surgidas fueron muchas y muy dolorosas. Pero Dolores con el tiempo, consiguió, no solo la aceptación por parte de su pareja de aquella nueva vida que ella había iniciado, sino que él mismo participara de ella en diferentes formas e incluso disfrutara de muchos de los cambios acaecidos.

Se inició entonces una época nueva, el marido empezó a cocinar. Como buen amante del aceite de oliva era muy generoso con su uso, tanto que después había que pasarse un par de horas limpiando, hasta que aprendió igualmente a dejar la cocina limpia tras su utilización. Y es inexcusable añadir que se convirtió en un cocinero espectacular, disfrutando él con su labor y los demás con su arte culinario.

Un día apareció con una sandwichera. Y resultó ser la salvación de las cenas. Los sándwiches de chóped con queso y calentitos se convirtieron en una delicia para todos. Después cada cual inventaría nuevas combinaciones, con tortilla, mayonesa y otras lindezas que irían poco a poco alojándose en algunas cinturas y caderas. A pesar de eso, en ese momento fue una novedad muy bien acogida.

En los primeros meses le suponía un esfuerzo titánico poder relegar de su mente su hogar y sus problemas, para concentrase en lo que estaba explicando el profesor. Un día, en una clase de lengua, la lluvia que se empeñó en caer con una fuerza desmedida, consiguió que su atención se desviara de las palabras del educador y que su pensamiento volara hacia el tendedero de su casa. Allí había dejado colgadas muchas prendas que se iban a poner chorreando y que eran muy necesarias *—por aquel tiempo en su casa todavía no había exceso de ropa—*. Esa tarde no lograría enterarse mucho de la explicación. Su toma de conciencia sobre lo inadecuado de aquella dispersión se demoraría un periodo sobradamente largo hasta que se propuso aprender a separar sus dos vidas.

Una vez adquirida esa capacidad se sorprendía mucho cuando aparecía su hija *Mediana*, que se encontraba en el mismo campus estudiando biblioteconomía, con la idea de saludarla. Esta se marchaba con la sensación de que a su madre no le agradaban estos encuentros. Y aunque pareciese una actitud dura y egoísta, era simplemente el deseo de ella de sentirse libre por unas horas, sin ninguna atadura que le recordase su otra vida.

Con el tiempo, una vez asumida su independencia entre la facultad y su hogar, desaparecería esa radicalidad y un par de años más tarde estudiarían juntas en la biblioteca.

Cuando llegó la época de exámenes, los compañeros y las compañeras se asombraron de que se pusiera tan nerviosa como ellos. Esperaban que, por el mero hecho de ser mayor, esas situaciones las supiera solventar mejor. Y ese fue un punto más de acercamiento entre ellos. Luego vendrían la alegría o la desilusión con lágrima incorporada. Solo había algo que les diferenciaba al acabar las pruebas: mientras que los demás se tomaban unos días de descanso, Dolores aprovechaba para dedicarse a la limpieza a fondo de su casa, que en todo ese tiempo había hecho únicamente como reza el dicho: «*lo que ve la suegra*».

Desde siempre había sido sumamente rigurosa con la higiene de su hogar, lo que se conoce como un ama de casa dedicada en alma y cuerpo a que todo estuviese en orden: comida, ropa y limpieza. Lo único que se permitía por aquellos entonces si la mañana había transcurrido bien, sin interferencias de teléfono o de su suegra, que vivía unas plantas más abajo, era un relax que consistía en poner una cinta de Serrat *—sí, sabemos que lo de la cinta suena a un tiempo de prehistoria—* y escuchar un par de canciones mientras se fumaba un cigarrillo. La lectura era su otra forma de disfrute, aunque ese placer se lo podía permitir solo en las horas nocturnas dedicadas al descanso. En su mesita de noche no podía faltar un libro. Le ayudaba a calmar la sensación de vacío que a medida que sus hijos iban creciendo la invadía, aunque ese efecto apenas si era perceptible desde el exterior.

Una frase pronunciada a menudo por la profesora de latín y que a Dolores le quedaría impregnada en su cerebro era que el curso terminaba en septiembre. Sabedora de sus limitaciones y por otra parte de la escasez de tiempo, se dejó la asignatura de lengua española para estudiarla en verano. No obstante, los apuntes estaban pasados a limpio, completados y subrayados, pero el estudio lo aparcaba hasta ese periodo estival.

Además de esta materia, había aparcado también el latín, no se perdía ninguna clase, si bien no se presentó a los exámenes. Decidió tomar lecciones particulares para conseguir de forma óptima los conocimientos básicos que posteriormente le permitirían continuar con el desarrollo de aquella compleja materia para una neófita como ella. Al principio fue un joven que acababa de terminar Filología Clásica quien intentó enseñarle algo, empezando por las declinaciones. Sin embargo, no hubo manera de que los dos se entendiesen. Él, como profesor debutante carecía de paciencia, y no solo no la animaba, sino que le aseveraba que jamás aprobaría el latín. Después de la clase terminaba muy abatida.

Cuando se inició el curso siguiente decidió que fuese una compañera de su grupo la que le impartiese clases particulares. Consiguió aprender lo suficiente para en tercero aprobar los dos latines. Años más tarde se encontraría al impaciente aspirante a profesor dirigiendo el tráfico.

Terminó el curso superando las restantes asignaturas e incluso un par de ellas con buenas notas por lo que aprobar la lengua se convertiría en su pasaporte para lograr otra matrícula gratis.

Por fin las vacaciones de verano acabaron por llegar. La familia en pleno con algún que otro invitado, se trasladaba durante el mes de julio a disfrutar del descanso merecido en la playa, en un apartamento familiar de los padres de Dolores. El reposo de Dolores habría que situarlo entrecomillas porque era imposible desprenderse del peso del hogar, pese a la ayuda de sus hijas. Había que guisar, comprar, poner lavadoras, etcétera, para no extendernos excesivamente.

Con todo se concedía solo quince días sin tocar los apuntes para poder disfrutar de los baños, de la familia y de los amigos en la playa. Sabía que necesitaba más de un mes para estudiar esta materia que se le resistía, por lo que intentaba algún día que otro encontrar un par de horas para llevar a término una lectura comprensiva. La memorización la dejaba para cuando estuviese en su casa.

Es pertinente añadir que Dolores no había tenido tiempo material para realizar la limpieza de verano. Se trataba esta de poner la casa patas arriba y de que el saneamiento llegase a todos los rincones no inspeccionados durante el curso. Fue educada en esta obligación, era como el primer mandamiento del verano, mamado desde su más tierna infancia, y por lo tanto, de obligado cumplimiento. Por otra parte, ya no se trataba de lo que «viese la suegra», sino que ella no soportaba más los finos hilos que habían tejido las arañas que se habían aposentado en algunas lámparas. Fue un desahucio seguramente doloroso para los arácnidos si bien una necesidad para ella.

Al carecer de tiempo, aprovechaba cualquier momento de la mañana para repasar lo que había estudiado por la noche. Subida en la escalera mientras limpiaba los azulejos de la cocina iba recitando los apuntes de lengua en voz alta. No le quedaba más remedio que postergar su deseo de poner alguna cinta en el casete *—sí, la palabra es igual de antigua como la otra—* con las canciones de Serrat, Aute, u otras francesas como Brel, Brassens o Edith Piaf, que la animaban y lograban que su fregado fuese más llevadero y agradable. Cambió todo ese repertorio por declamar sus esquemas. Cuando en un momento dado se quedaba atrancada, bajaba rápidamente, previamente había dejado los apuntes sobre la encimera, se quitaba los guantes, buscaba la hoja donde se había atascado, memorizaba y volvía a subir. Con este planteamiento fue realizando muchas de sus tareas. Para cuando llegó septiembre, había logrado lo planeado: la casa estaba impecable y la lengua estudiada.

Hizo el examen con la casi seguridad de que había aprobado. Todavía internet no estaba a nuestro alcance, por lo que había que ir a la facultad a recoger la nota. Estaba tan nerviosa que le era imposible hacer ese recorrido y plantarse allí. Fueron dos de sus hijas, *la Mediana y la Menor*, las que se ocuparon de este cometido. Al principio se llevaron un gran susto porque miraron la papeleta por el lado de junio, en el que constaba como suspensa. El sobresalto fue mayúsculo para ellas, tanto que permanecieron un tiempo en la facultad, decidiendo quién y cómo le darían la mala noticia a Dolores. Caprichos del destino, la hija *Mediana* se fijó de nuevo con detenimiento en la papeleta, con la esperanza apenas sentida de haberse equivocado. Y efectivamente se dio cuenta que la había mirado por la parte que aparecía el mes de junio. Y el milagro ocurrió, esta vez el error corría a su favor. Ambas eran conscientes de lo que significaba para su madre obtener la beca, además del sacrificio que había hecho durante todo el verano. Una vez subsanado el error, les faltó tiempo para llamarla desde una cabina telefónica —*tampoco por aquel entonces el móvil formaba parte de nuestras vidas*—. Los gritos de alegría resonaron por ambas partes.

Debemos aseverar que Dolores se sentía satisfecha consigo misma. Había superado un curso por el que ni ella había apostado que saldría tan airosa. Era consciente de que el siguiente sería más duro, no obstante, ahora sabía que disponía de la capacidad suficiente para llevarlo a cabo. Consideraba que con su disciplina y su fuerza de voluntad todo era posible mientras que no sucediera nada grave en su familia.

LENGUA ESPAÑOLA LENGUA FRAN
LINGÜÍSTA CRÍTICA LITERARIA
LATÍN FILOSOFÍA LENGUA ESPAÑ

Inmersa en el torbellino

El segundo curso fue deslizándose sin ningún contratiempo, si bien la celeridad la acompañaba exactamente igual que en el primer año. Se levantaba muy temprano, arreglaba la casa, la ropa y preparaba la comida. El tiempo muy medido y organizado. Si no se presentaba ninguna adversidad o percance, a las diez estaba ya sentada dispuesta a comerse los libros.

A las tres cogía el autobús para la facultad. Le gustaba llegar con el tiempo suficiente para relajarse antes de que empezaran las clases. Generalmente solo había uno o dos estudiantes en el aula. Sus aulas preferidas eran las que disponían de gradas. Subía hasta la mitad, estar arriba le encantaba. No podría explicar el porqué, pero en ese momento preciso, la embargaba una sensación de libertad pese a estar encerrada. Se sentía bien en esos momentos y aprovechaba para fumarse su primer cigarrillo del día que disfrutaba con fruición *—sí, aunque os parezca imposible entonces el aire limpio sin humos tampoco había llegado a nuestras vidas.*

El camino de vuelta a casa le apetecía hacerlo a pie. Después de cuatro o cinco horas de encierro, ese paseo le resultaba infinitamente agradable. Por supuesto eso ocurría si su marido tenía turno de tarde. Por el contrario, si había trabajado por la mañana, subía entonces con el coche y esperaba pacientemente en la puerta de la facultad por miedo a que su mujer se le extraviase.

La asignatura de latín formaba parte también del currículo de segundo. Intentaba no perderse ninguna clase, aunque a veces se hallase algo desorientada. Con todo, poco a poco fue consiguiendo algunos avances con la ayuda de las clases particulares. La compañera que se las impartía tenía una paciencia en grado superlativo y su labor fue dando sus frutos. De todas formas desechó la idea de presentarse a los exámenes. Quería hacerlo cuando tuviese una oportunidad de aprobar y por ahora no la veía todavía a su alcance. Sabedora de que la beca estaba perdida para el próximo curso, era lo suficientemente responsable para comprender que todo esfuerzo tenía un límite y que ella ya no podía traspasarlo.

Pese a todo este trabajo con el que demasiados días se sentía atosigada y sin apenas tiempo para nada, la relación con sus hijos era muy buena. Convertirse en estudiante había permitido e incrementado su acercamiento y su entendimiento con ellos. Compartían las mismas emociones y preocupaciones. Se generó una gran complicidad entre todos. Las tardes de los sábados eran siempre especiales, ese día madres e hijas se permitían un par de horas de descanso generalmente antes de ponerse a estudiar. La única película que se emitía en televisión al mediodía amenizaba la jornada y las preparaba para regresar un rato después a la ardua tarea del estudiante universitario. Sin embargo, si Dolores decidía que no podía permitirse aquel descanso, al final arrastraba también a sus hijas que, viendo la voluntad de su madre, ya no podían seguir disfrutando tranquilamente del tiempo de asueto, recriminándole a ella esa constancia y responsabilidad que las arrancaba del cómodo sofá del sábado tarde.

Llegaron los exámenes de final de curso y un acontecimiento, aunque esperado, se presentó de forma imprevista, rompiendo su debilitado equilibrio. En aquellos tiempos no había tanta precisión como hoy en cuanto a los nacimientos de los bebés. Su hija *Mayor* estaba embarazada y el alumbramiento se esperaba para mediados de junio.

Era de madrugada cuando Dolores apagó la luz de la mesita, después de todo el día estudiando el examen de francés que tenía dentro de unas horas. El timbre del teléfono la sobresaltó. Estaba sola en su dormitorio, su marido trabajaba esa noche. Era su hija que le comunicaba que había roto aguas.

En el hospital le dijeron que el parto se presentaba lento, que el nacimiento no se produciría como mínimo hasta el mediodía. Su hija la instó a que se fuera a realizar su examen. No deseaba por nada del mundo que su madre perdiese esa oportunidad siendo consciente de la cantidad de horas que le había dedicado durante días. Le aseguró que ella estaba bien, que no necesitaba a nadie, solo al médico y a la matrona. Este era su segundo parto, y al igual que en el primero, pese a su juventud, mostraba mucha entereza en los momentos difíciles.

Dolores fue a hacer su examen sin haber apenas dormido, con una ducha y con el estómago retorcido por los nervios. Le parecía que esa víscera se había convertido en un paño de cocina que estrujaban para poder exprimirle toda el agua.

Nunca llegaría a explicarse cómo pudo hacer la primera parte de la prueba que consistía sobre todo en preguntas cortas y ejercicios sobre gramática. Hubo un descanso al finalizar esta parte debido a la larga duración del examen: cuatro horas. Aprovechó para llamar desde una cabina al hospital —*ya se veían algunos móviles que eran grandes como ladrillos y solo disponían de él algunos afortunados, que incluso despertaban nuestras risas*—. Lo que había que procurar llevar siempre en nuestros bolsillos o monederos, eran monedas —*las pesetas*— y encomendarse para que la cabina funcionase.

Ese día, afortunadamente, no hubo esa preocupación añadida. Se quedó asombrada cuando le comunicaron que su hija había dado a luz a una niña. La sorpresa fue doble. La rapidez del parto y de que fuera niña cuando le habían asegurado que iba a ser un niño *—en esto fallaban también las ecografías, donde se creía que aparecía un sexo determinado, luego resultaba ser otro diferente—*. Lo primero que percibió Dolores fue que su estómago volvía a su estado natural, tras lo cual la alegría la inundó y pudo realizar la segunda prueba mucho más relajada. Días más tarde los profesores le contarían que había habido una diferencia muy notable entre la primera parte y la segunda del examen.

Cuando por fin pudo llegar al hospital, le explicaron que después del parto su hija había tenido una hemorragia, provocando que el post parto se convirtiese en un momento difícil. E incluso que su vida había peligrado. Retornó de nuevo a Dolores esa desazón que sentía cuando no podía estar presente en los momentos importantes en la vida de sus hijos. Se preguntaba por qué las situaciones se complicaban tanto y terminaban consiguiendo que se sintiera culpable sin, en realidad, tener culpa de nada. Lo único que intentaba era hacer algo que no pudo realizar entonces, en el tiempo que le correspondía.

Consiguió acabar el segundo curso de su carrera aprobándolo todo salvo los dos latines. Pese a todo, la satisfacción asomaba a sus ojos, avanzaba en su estudio con las clases particulares, y confiaba plenamente en lograr aprobarlas en el próximo año.

Todo eran problemas y Dolores... (haciendo honor a su nombre)

En tercer curso, y solo a los pocos días de comenzar las clases, la coyuntura familiar de Dolores se fue saturando de obstáculos. El primero fue un infarto que tuvo su padre. Tras el susto inicial, su estado de salud se normalizó en el plazo de un mes. Era un hombre con mucha energía pese a haber cumplido los setenta y un años. En todo ese tiempo de hospital, Dolores no asistió a clase, su madre había empezado ya con algunos problemas de movilidad y la necesitaba.

Hacía solo una semana que había retornado a las aulas, cuando su padre tuvo un segundo infarto, esta vez cerebral. Suspendió de nuevo sus clases. Todavía su progenitor no se había recuperado del todo cuando su hijo *—al que llamaremos Menor para seguir con la costumbre china—* tuvo un accidente de moto en el que estuvo a punto de perder un ojo. Necesitaría meses para reponerse.

Dolores con los nervios deshechos después de tantos sobresaltos, decidió darse de baja en las asignaturas de tercero y dedicarse solo a los dos latines. Se impuso su madurez para aceptar que no podía con todo. En unos meses parecía que todas las adversidades se hubiesen aunado para hacerle imposible seguir el camino marcado y deseado. El último revés fue la enfermedad de su suegra, que había rebasado los ochenta años, y que empezó a necesitar de su ayuda constante. En esta cuestión tuvo mucho apoyo de sus hijos. Su hijo *Mayor* dormía todas las noches en casa de su abuela y su hijo *Menor* pasaba muchas tardes haciendo sus deberes al lado de la anciana.

Cuando Dolores inició su andadura en el terreno universitario, la madre de su marido —*costumbre china*— no estaba muy convencida de que su nuera pudiera con ello. Luego, después de los dos años transcurridos, un día le aseveró que no le gustaría morirse hasta verla con su carrera terminada, que admiraba la voluntad que estaba demostrando. Esa confesión y alabanza la reconfortó, causándole además cierta sorpresa ya que no podía contar con la misma asiduidad de antes de la compañía de su nuera, a la que ahora le era difícil encontrar ese momento dedicado a la simple conversación y acompañamiento. Estos pequeños reconocimientos y estímulos le eran sumamente necesarios, constituían un refuerzo añadido a su empuje para poder tirar hacia adelante.

Y por fin el curso llegó a su término con los dos latines aprobados.

Durante todo ese año había subido a la facultad solo para asistir a las clases de latín. Conocería a otras chicas que como ella arrastraban esta asignatura.

En febrero, el día que se examinaba del primer parcial de latín del primer curso, subió a la facultad con la idea de no presentarse. Tenía la sensación de no estar todavía preparada. Por otro lado, le avergonzaba hacer un mal examen ante esta profesora que la trataba tan bien y que esperaba tanto de ella. El grupo se encontraba delante del aula, pero a la hora de entrar, Dolores verbalizó nerviosa su intención de marcharse y no realizar el examen, no se veía capaz. Cuando quiso reaccionar, estaba cogida por detrás por dos chicas que eran tan altas como ella y otra situada delante que tiraron de ella dejándola sin la opción de escape. Al momento se encontró dentro, sentada en el banco. Una compañera le dijo al oído que la profesora estaba deseando aprobarla, que debía intentarlo.

Esa revelación la alteró aún más, aunque no le quedó otro remedio que ponerse a prueba. Y puso empeño en ello. Se asombró al ver que podía contestar muchas de las preguntas. Cuando terminó no se sentía descontenta del todo. Entregó el examen y la profesora le preguntó qué tal le había ido, ella contestó que estaba dudosa. Entonces le asombró cuando esta le manifestó que debía sentirse orgullosa por el ejemplo que estaba dando a sus hijos.

Ese día Dolores salió de la facultad muy animada e incluso fortalecida.

Aprobó el primer y el segundo parcial. En su fuero interno, estaba segura de que la profesora, le había dado un empujón en el primer examen. Guardaría para siempre el recuerdo amable de esta mujer que fue decisiva en un momento determinado para que ella pudiese proseguir con su cometido.

El latín de segundo le resultó más fácil, se trataba solo de traducir párrafos que se estudiaba de memoria.

BLA
BLA
BLA BLA BLA
CRACK
BLA
BLA
BOOM

Tiempo escaso, casa abarrotada y más problemas...

Por fin se pudo matricular del curso completo de tercero y empezar sin contratiempos. Las materias le seguían pareciendo sumamente interesantes, la historia y la literatura eran sus preferidas. La lingüística despertaba igualmente su interés, sin embargo algunas enzarzadas teorías sobre determinados conceptos, que a ella no le parecían importantes ni transcendentes, conseguían aburrirla y eso la descorazonaba, tenía que dedicarle mucho más tiempo del que se podía permitir.

En la casa se produjo un pequeño desajuste. Hasta ahora no había tenido problema los fines de semana para disponer, entre comillas, de su tiempo libre. Después de la limpieza general, la plancha y la comida, podía ponerse a estudiar. Su marido se iba de cacería cuando libraba en fin de semana y todos estaban felices y contentos. Cada uno conseguía lo que deseaba.

Sin embargo, a la vida parece que le divierte a veces ponernos piedrecitas en el camino para hacer la remontada algo más complicada. Para su pesar, porque fue inesperado, su marido le comunicó que dejaba el coto de caza donde llevaba años inscrito y que abandonaba la cacería. A la mujer le pareció imposible lo que estaba oyendo puesto que había sido su gran afición, tanto que ella en los primeros años de casada, le puso a este pasatiempo el sobrenombre de *la amante*. Estas salidas constituían para él una necesidad apremiante.

Y ahora que Dolores adolecía más que nunca de horas para poder realizar el sin fin de tareas que quedaban postergadas al sábado y domingo, tenía que desdoblarse aún un poquito más. Ese cambio suponía perder la tarde del sábado. Había que salir a tomarse unas cervezas o ir al cine. No es que no le apeteciese ese plan, pero su escaso tiempo libre, le obligaba después a recuperar esas horas robándoselas otro poco más al sueño. Este era el único recurso que ya le quedaba.

De esta manera el curso fue transcurriendo, arrastrando ella falta de sueño y sintiéndose algo más cansada.

La asignatura de crítica literaria le encantó desde la primera clase pese a encontrarla dificultosa. Solo existía un problema: entre el profesor y ella no había buena sintonía. Hombre recién llegado de Cuba, se catalogó de izquierdas y desde el primer día se hizo un retrato erróneo sobre Dolores. Creía que era un ama de casa aburrida que venía a pasar el rato a la facultad para atrapar la pátina de la intelectualidad. Valoraba solo los alumnos que sobresalían. Los demás no le interesaban.

Nuestra estudiante, tal como le ocurría con todas las materias y más con esta en particular, hubiera necesitado disponer de mucho más tiempo para su preparación. Con todo, decidió presentarse a un examen parcial para ver cómo era. El profesor se pasó casi la hora entera de la prueba al lado de ella, haciéndole notar de forma desdeñable su desconfianza. Ella no llegaba a comprender el porqué de su sospecha. No lo entendía. Su nerviosismo fue en aumento, influido por la incómoda cercanía del docente, lo que originó que el examen saliera peor de lo que ella hubiera esperado.

Naturalmente no aprobó. Aunque ese incidente no impidió que Dolores siguiera asistiendo a clase durante todo el curso.

Escuchaba con interés sus peroratas, tomaba apuntes, si bien no volvió a presentarse. Ni tampoco fue capaz de personarse en su despacho y pedirle alguna explicación sobre su actitud de clara y manifiesta desconfianza hacia ella. Como alumna de la antigua escuela, donde el respeto al profesor estaba por encima de todo, se quedó con su rabia dentro y prosiguió con su camino.

En el transcurso de ese año conoció a dos chicas francesas a través de su hija *Mediana*. Su relación supuso un revulsivo en su vida. Practicaba el francés con ellas, algo que para su formación era muy conveniente, y además se forjó una amistad que perduraría ya el resto de sus vidas.

Bautizaron la casa familiar como la *petite maison de France*. Por aquel entonces, su hijo *Menor* trajo a un amigo también francés que necesitaba quedarse en la casa unos días, o así se lo expresó a Dolores y su marido. Los días fueron deslizándose, y pasó un mes y otro y otro. Su estancia se prolongaría durante tres meses hasta que por fin pudo encontrar un trabajo que le permitió independizarse. El chico procuraba molestar lo mínimo. Los dos jóvenes se entendían muy bien y como el francés todavía carecía de un conocimiento vasto de la lengua española, utilizaban la cinematografía para ampliar conocimientos. La idea no era mala, si no fuera porque se limitó a la visión repetida del mismo film: *Aquí huele a muerto*. Las carcajadas y las risas se expandían por el salón pese a haber visto la película infinidad de veces. Contagiaban a la madre arrancándole una sonrisa pese a sentir su hogar más atestado de lo que podía permitirse.

La casa había sufrido un cambio significativo. De forma paulatina y no programada se abrieron sus puertas a mucha gente joven y la familia lo fue aceptando como algo natural. Resultaba muy normal tener en la tarde de los viernes a algún compañero o varias compañeras a tomar el té y compartir un brazo gitano, que se cortaba en láminas muy finas para que todos pudiesen saborearlo. Este dispendio era lo que se podía permitir entonces en esa casa. Cuando se compraba el bizcocho de la Tía Mildred suponía que ese mes había más desahogo. Sin embargo, lo importante eran las tertulias siempre enriquecedoras, unas en español y otras en francés, unas con té, otras con sándwiches vegetales en las cenas con larga sobremesa.

Su suegra enfermaría gravemente ese invierno, pero su padecimiento y dolencia no se dilatarían demasiado en el tiempo. Dolores agradeció que la parte más dura de la enfermedad, incluido su fallecimiento, transcurriera en las vacaciones de Semana Santa. No es que se hubiera vuelto calculadora y fría, no obstante eran tantos los acontecimientos que en demasiadas ocasiones se superponían unos con otros, que cuando estos ocurrían en época vacacional representaban un problema menos. Como cuando hubo que operar urgentemente a su hija *Menor* de una fístula, se sintió aliviada de que ocurriese en las vacaciones de Navidad por disponer de unos días para poder cuidar mejor de ella.

Tras la muerte de su madre, su marido entró en una espiral depresiva. Interiormente estas situaciones le afectaban mucho a Dolores. Tenía que buscar un tiempo, en esa estructura tan ajustada, que no disponía para poder prestar atención y escuchar con calma. Sin embargo, sentía que el apremio la dominaba e iba aplazando ese reposo necesario para tratar el dolor y la reflexión de ambos.

Su estado azorado no hallaba su paz mientras no estuviese sentada delante de los libros. Aunque, cuando aparecían esos días negros en los que todo se complicaba y no encontraba el momento ni la serenidad para poder continuar, en un arranque de desesperación, sentía el irrefrenable impulso de agarrar los libros y lanzarlos por la ventana más próxima. Es imprescindible aclarar que la presencia de esos instantes oscuros eran minoritarios, si los comparamos con aquellos más despejados. Prevalecía su tesón y se repetía a sí misma que algún día todo este estudio le serviría para algo. Esa conducta firme que se había autoimpuesto con la irrevocable decisión de salir de cualquier situación conflictiva por difícil que fuese, logró pese a todos los condicionantes que aprobara tercero, salvo la crítica literaria, que decidió aplazar hasta que finalizase quinto de carrera. Le apetecía sumergirse solamente en todas las materias en lengua francesa de los cursos siguientes de cuarto y quinto.

Cansancio y estrés se acompañan mutuamente

Y empezó cuarto curso de carrera con un cambio importante. Solo había un turno de mañana. Eso se traducía en madrugar aun un poco más y tener que cocinar por la noche la comida del día siguiente.

Esta variación modificó también su forma de desplazarse en el autobús urbano que la llevaba al campus universitario. Por la tarde iba casi vacío, se subían muy pocos pasajeros, esa escasa media hora Dolores la aprovechaba para relajarse. Todo lo contrario ocurría por las mañanas donde los estudiantes se habían multiplicado y encontrar una plaza libre era una operación complicada. Pero se acostumbró a «pelear» en el buen sentido de la palabra y conseguir hacerse un hueco. Con todo, nada impedía que saliese de su casa ilusionada y que en el mismo orden también se sintiese aterrada.

La facultad asimismo parecía cambiada a esas horas mañaneras. Los largos pasillos silenciosos de las tardes, se encontraban ahora atestados de jóvenes. El bullicio reinante le otorgaba una fisonomía diferente: más vida acompañada de movimientos diligentes y a la par impacientes. Era como si los alumnos de estas horas estuviesen de alguna forma más implicados en la vida universitaria. También se comentaba que los mejores profesores impartían sus clases por las mañanas.

Había que hacer colas para todo. En la cafetería resultaba complicado encontrar una mesa libre. Al principio fue raro para ella todo este enjambre moviéndose de un lado a otro, acostumbrada a la tranquilidad de la tarde. Entraba por sus puertas algo más nerviosa que de costumbre, aunque nadie lo hubiera adivinado al verla. Con su sonrisa puesta muy de mañana, avanzaba al encuentro de la gente conocida.

Sabía por otros compañeros, que ya habían superado ese curso mientras ella se vio obligada a frenar su ritmo de formación académica, que todo el profesorado era muy exigente pese a que el alumnado pocas veces superaba una ratio de veinticinco o incluso menor. Se decía que el departamento de francés era mucho más exigente que el de inglés. Era cierto que desde el primer curso las lecturas requeridas en lengua francesa representaban el doble que las inglesas. No se comprendía el porqué, máxime cuando era conocido por todos que las expectativas laborales de los estudiantes de inglés eran óptimas en contraposición a las que encontrarían los de francés (*todavía la Eso estaba en pañales*). Las malas lenguas aseguraban que los alumnos de francés salían mejor preparados.

Dolores trabó amistad con nuevas alumnas que procedían de otras universidades de distintas capitales para cursar aquí en Granada su licenciatura.

Como en años anteriores encajó estupendamente, formando parte de un grupo de compañeras que a su vez se convirtió en un excelente equipo de trabajo. Laboraban muy bien juntas, pero eso no impedía que dedicaran sus buenos momentos a charlar sobre sus relaciones con los chicos. Tampoco faltaba la política, aunque desde un punto de vista muy idealista. Dolores las escuchaba con suma atención cuando le contaban sus problemas amorosos, convirtiéndose ella en una consejera bastante eficaz atendiendo a una experiencia ya más dilatada que la de aquellas jóvenes. Incluso hubo una pareja con la que desempeñó el papel de celestina.

Como es natural nada de esto aseguraba que sus consejos fueran finalmente seguidos. De todos es sabido que, en temas de amor, el corazón no escucha lo que dicta la razón. No obstante, esas confesiones eran para ella como un bálsamo que la retrotraía a sus tiempos juveniles. Aquellos en los que los problemas todavía no habían echado raíces y se limaban con el ímpetu y el apresuramiento de los amores jóvenes.

Podemos decir que la conexión, en general, con el profesorado de cuarto fue buena. Eso no impedía, como era también de esperar, que no todas las materias le gustasen de la misma forma.

Las clases de lingüística le resultaban las más tediosas. Si bien ya no ocurría como años atrás cuando todavía había materias en las que naufragaba, no obstante, esas eran las que le presentaban mayor dificultad. Su preferida era la de Literatura, especialmente Literatura Medieval. El profesor tenía asimismo mucho que ver con el interés despertado por esta materia. Una persona encantadora con todo su alumnado, facilitaba la comunicación y nadie tenía problemas para entenderse con él. Sus clases eran sumamente atractivas por la manera de tratar los contenidos, resultaban tan dinámicas que la participación era muy activa.

En este curso muchos de los trabajos eran presentados de forma oral. Era un ejercicio que a todos preocupaba puesto que se trataba de hacer la exposición en lengua francesa durante una hora. Dolores, pese a no tener problema para expresarse correctamente en esa lengua, sí se veía limitada en su buen hacer por la timidez que la embargaba en aquellas primeras exposiciones en el momento de subirse al estrado. Su familia se acostumbró a verla ensayar a ratos delante del espejo, lo que provocaba unas cuantas risas. Esa medida acabó siendo eficaz y dio sus buenos frutos.

Como hemos ido relatando, Dolores se encontraba muy a gusto en este curso, aunque existían situaciones que le generaban mucha tensión. Una de ellas era aquella en la que el profesor o profesora demandaban al alumnado participar activamente en público en la práctica de la lengua francesa. Seguro que muchos estudiantes conocerían las respuestas a las preguntas planteadas por el docente, porque había un grupo amplio de ellos muy bien preparados. Pero, ya fuera por timidez o por temor, nadie las pronunciaba en alto. En su lugar un silencio tenso invadía la clase.

Dolores sentía palpitante la necesidad de contestar, y no siempre acertaba. Advertía la obligación apremiante de responder como forma de proteger a sus compañeras y de relajar la presión que en el ambiente se respiraba *—casi sin desearlo se consideraba el alma protectora del grupo—*. Lo difícil venía cuando erraba o se atrancaba una respuesta fruto de un reflejo instantáneo sin la necesaria reflexión previa. Entonces sentía cómo subía por todo su rostro un rubor que la avergonzaba aún más que el simple error. Años más tarde comprendería que ese exagerado calor era solo la puntita de lo que luego sería la menopausia, y que ahora se manifestaba solo cuando se ponía nerviosa.

Debemos reiterar que el grupo estaba formado sobre todo por mujeres, aunque también admitieron un chico en un momento dado. No es que rechazasen a los hombres, simplemente que las mujeres conformaban la mayoría. Formaron un grupo muy cohesionado donde todos se ayudaban, sin embargo, conocedores de la escasez de tiempo del que disponía Dolores, procuraban que la parte del trabajo que le correspondía realizar a ella, fuera menor.

Las horas de la tarde volaban rápidamente. Además era más difícil concentrarse en estudiar al estar casi toda la familia en casa. Había que esperar a bien entrada la noche para disponer de un poco de silencio y de sosiego, lo que equivalía a acostarse de madrugada además de levantarse muy temprano. No podía evitar que el cansancio la escoltarse durante casi toda la semana y que el nerviosismo, por querer sacar adelante el curso completo que representaba la entrada a la licenciatura, se fuese apoderando de ella.

El curso fue deslizándose sin demasiados problemas. Al contrario, se produjo una novedad que sembró de alegría todos los viernes noches. El novio de su hija *Mediana* había logrado acceder a un buen puesto de trabajo, y la mejora de su situación económica conllevó a que las tardes de los viernes se convirtieran en jornadas sumamente agradables.

Aparecía a la caída de la tarde con los preparativos para hacer una suculenta cena: desde la tabla de quesos y embutidos exquisitos hasta un par de botellas del mejor vino. Por cierto, tampoco se olvidaba de unos deliciosos dulces. Se les unía también la amiga de Dolores *—a la que hemos llamado Laura—* con su pareja, que se habían convertidos en asiduos al haber establecido amistad con los hijos. Tras una opípara cena disfrutaban de una buena película de la videoteca de casa o de alguna que hubieran sacado del video club *—sí, esto también ha desaparecido, aunque entonces era agradable eso de ir a buscar la peli que te apetecía ver ese fin de semana, lo que te obligaba a desplazarte al establecimiento elegido. Hoy tenemos todo esto al alcance de la mano desde el sofá de casa, y son ahora los gimnasios los que cubren nuestras necesidades de movimiento—*. Finalmente la velada se completaba con la tertulia sobre la historia que habían compartido.

La preocupación por lo que habían ingerido la noche anterior aparecía por la mañana, sobre todo en las mujeres de la casa que se prometían que eso no podía volver a ocurrir. Entonces inventaron los sándwiches vegetales. Les parecía que las hojas de lechugas y el tomate introducidos en el pan los hacían más ligeros e inmunizaban ante el aumento de peso. Fue una forma de engañarse a sí mismas porque en realidad, después de una dura semana no estaban dispuestas a privarse de nada ese viernes noche.

Dolores, unos años antes de ponerse a estudiar, era de las que madrugaban muchísimo para poder irse a correr y estar de vuelta a la hora del colegio de sus hijos. Su marido la tachaba de loca, si bien ella en compañía de alguna vecina o incluso sola sentía la necesidad de cerrar la puerta con fuerza y salir corriendo. Tras esa carrera volvía llena de paz en su cansado cuerpo. No obstante, el estudio le robó el continuar disfrutando de aquel momento. Fue indispensable prescindir de algunas aficiones como era salir a hacer deporte, el quedar con algunas parejas de amigos y también de la tele. Por eso ese cambio del viernes noche le hizo mucho bien.

De todas formas, antes de ese capricho, había aprovechado bien la tarde sino su consciencia implacable no la hubiera dejado deleitarse durante esas horas.

Aprobó sin dificultad cuarto, aunque como venía sucediendo desde el principio de carrera, se dejó una materia para estudiar en verano que pasó sin ningún inconveniente en septiembre.

¡¡¡ E s t r é s !!! Demasiado para su cuerpo

¡Último año de carrera!

Bueno eso sería faltar a la verdad. Sabía que tenía aguardándole la temible crítica literaria. Sin embargo, era solo una materia y no estaba dispuesta a amargarse por ello. Ya pensaría en esto cuando llegase ese día. Lo importante ahora era concentrarse en el momento actual.

Pese a la alegría de estar en quinto curso, su cuerpo había atesorado una buena cantidad de estrés unido a las pocas horas de sueño, y todo eso estallaría tarde o temprano.

El ambiente de trabajo seguía siendo bueno, aunque no impidió que la ansiedad se apoderara de toda la clase a principios de curso. La competitividad se había desatado de una forma desagradable. Todo el mundo quería aprobar y con buenas notas. Por suerte el grupo de Dolores no entró en ese juego y continuaron con su modelo de ayuda mutua. Una compañera poseía un talento especial, era de las pocas que sabía manejar el ordenador *—aunque hoy parezca imposible, no era todavía una herramienta al alcance de todos—*. Ella se dedicaba a pasar todos los trabajos a limpio. Esa presentación superaba a las que estaban escritas a máquina. Y naturalmente aquel aspecto influía en la nota. Podías encontrar también a algunos estudiantes que, por un precio nada moderado, se dedicaban a transcribir en el ordenador los trabajos que se les entregaba.

Todo iba relativamente bien hasta que surgió un problema en el entorno familiar más próximo a Dolores y con los exámenes en puertas.

Parecía una costumbre ya asentada que las situaciones complicadas se presentaran en tiempo de exámenes. Esta vez, le tocó el turno a la de Literatura Medieval. Una materia que le gustaba y de la que esperaba una buena valoración.

Fue un par de días antes de la prueba cuando surgió un importante conflicto familiar. A pesar de lo acontecido y las intensas emociones vividas, decidió presentarse. Había dedicado mucho esfuerzo a su preparación. Aun sin llevarlo tal y como hubiera deseado, y faltándole ese empujón final para realizar un buen trabajo en aquella prueba escrita, creyó que podría, al ser justamente una asignatura que se le daba bien. Pese a sentirse agotada por los acontecimientos padecidos, esa mañana salió de su casa dispuesta a cumplir su objetivo.

Cuando se sentó en el banco, notó que un malestar desconocido la iba invadiendo. Intentó tranquilizarse y concentrase en la prueba que acababa de entregarle el profesor. No era difícil y conocía las respuestas. Una neblina fue lentamente invadiendo su mente cubriendo todos los apuntes que se alojaban en su cerebro de un velo que le resultaba imposible franquear. Más tarde se dijo que debería haberse levantado y decir que se encontraba mal, y seguramente no hubiera pasado nada. Pero eso en Dolores era impensable. Se lo imposibilitaban su timidez y su tozudez. Tenía que intentarlo y esperar que la niebla se fuese disipando. No obstante, ese milagro no se produjo. Contestó algo en algunas preguntas de escaso sentido, simplemente por no entregarlo en blanco. Aunque hubiese sido mucho mejor no hacerlo. Durante ese par de horas su cuerpo sufrió lo indecible: sudor, dolor de estómago y un malestar generalizado.

Días más tarde, tras entregar el profesor los exámenes a los alumnos que estaban en clase, salvo a Dolores, le comunicó que quería hablarle en privado en su despacho. Allí le aseveró que no era propio de ella aquel nefasto examen, que la conocía por su trabajo del año anterior además de lo participativa que era en su clase. Entonces ocurrió algo que no era propio de ella. Se quebró. Un llanto ronco empezó a brotar de lo más hondo de su alma dejando al profesor sorprendido. Cuando logró tranquilizase ayudada por las palabras amables de él, le confesó que se sentía muy angustiada a consecuencia de un grave problema familiar, sin especificar de qué se trataba. Por primera vez Dolores oyó la palabra *estrés*. Le dijo que eso era lo que le pasaba. Pero no debía preocuparse, se podía solucionar con un tratamiento adecuado. Él la iba ayudar, conocía un médico que trataba estos problemas. Le dio la dirección de este especialista al cual él había recurrido también en un momento determinado. Luego le hizo saber que él no había recibido ese examen, por lo tanto, no había ninguna mala nota, solo tendría que examinarse de toda la materia en el mes de junio. Dolores salió reconfortada del despacho pensando que todavía existían profesionales sensibles cuya mirada traspasaba las paredes del aula.

Años más tarde se encontraría con él en un parque empujando el columpio donde su hija se columpiaba. Se reconocieron y entonces Dolores le dio las gracias por aquel gesto tan gratificante para ella en aquel aciago día. No lo recordaba, pero le gustaron las palabras de agradecimiento de su antigua alumna de las que los profesores andan tan escasos.

Estuvo un par de meses asistiendo a esa consulta y con el tratamiento prescrito pudo enfrentarse al curso perfectamente.

Recordaría siempre que entre todo el tratamiento pautado debía tomar unas pastillas para la memoria que le dejaron una graciosa anécdota. Una mañana Dolores le iba relatando a sus compañeras, a la salida de clase, que había notado que su memoria había mejorado muchísimo, que le costaba menos esfuerzo memorizar los apuntes. Mientras hablaban iban bajando la empinada cuesta que las alejaba de la facultad y entonces fue cuando sus compañeras preguntaron por el nombre del fármaco. Dolores se detuvo un momento y reconoció que no recordaba su nombre. Esa respuesta provocó un tsunami de risas y las carcajadas inundaron el camino. Después una de ellas le comentó que pese a todos los momentos difíciles por los que estaba atravesando durante todos aquellos años seguramente cuando pasara el tiempo recordaría más las experiencias positivas. Y no se equivocaba. Esas risas que brotaron fuertes, con ganas, y que consiguieron que se doblaran de gusto, no las olvidaría nunca pese a los años transcurridos.

Terminaría el curso con buenas notas en muchas de las asignaturas y aprobándolo todo. Se dejó solo la materia de lengua para el verano como venía siendo habitual. Las prácticas del *CAP* (Curso de Aptitud Pedagógica) de entonces tampoco las pudo hacer durante el curso como las demás compañeras. Le faltaba tiempo material para ello *—tenemos la certeza de que las palabras «falta» o «escasez de tiempo» se repiten mucho a lo largo de esta historia pero es una verdad tan irrefutable que no queda otra opción que reiterarlo—*. Y ella, a lo largo de estos años había aprendido que tenía un tope que no podía traspasar.

La cena y después la fiesta de final de carrera quedaría como un recuerdo especial en un rincón de su memoria. El vestido para ese acontecimiento se lo compraría su hija *Mediana* que, desde que había terminado Pedagogía —*después de Biblioteconomía*— trabajaba dando clases particulares y ganaba un sueldo con ello. Dolores aceptó este regalo, sintiéndose reconfortada y por otra parte animada. Aunque al mismo tiempo, en el fondo de su alma le suscitaba dolor que su hija se gastase el dinero de su esfuerzo en algo que no era preciso. Pero así era ella, nadando siempre entre dos aguas.

En la peluquería que frecuentaba desde hacía años, la arreglaron y maquillaron con denotado interés para que estuviese no solo guapa sino resplandeciente, y lo consiguieron. Eso la alentaba y comprobaba que había gente a su alrededor que se alegraba sinceramente que hubiese alcanzado con éxito el final de su proyecto. Si bien esto no había ocurrido siempre. Se había tenido que acostumbrar a oír comentarios del tipo «qué hace estudiando a su edad, teniendo una familia tan numerosa» e incluso miradas que la reprobaban y señalaban como un espécimen extraño cuando la veían día tras día y año tras año, andando siempre con sus prisas y su carpeta debajo del brazo.

Fue una noche memorable en la que disfrutó en compañía de profesores que se mostraron encantadores durante toda la cena. Y sus compañeras no consintieron que abandonara la celebración después de la comida, arrastrándola hacia la discoteca de moda en aquel momento. Y pese a que nunca le había gustado bailar, consiguieron llevarla a la pista y que se olvidara de todo durante aquellas horas de agradable diversión.

Vuelta al hogar con lo que eso SUPONÍA...

Todavía no tenía claro lo que iba a hacer. Cuando empezó su carrera universitaria, su intención era estudiar, aprender y aunque ese «gusanillo» en cierta forma se había aplacado, tenía la sensación, después de estos seis años, de no saber nada.

Ese fue en principio su deseo, no se había planteado otro tipo de propósito. El proyecto de dedicarse a la labor docente fue apareciendo en su horizonte el último año de carrera. Sin embargo, el ambiente que la rodeaba había ido sembrándose de más problemas y era difícil pensar en opositar. Su marido comenzó a sufrir los estragos de una delicada salud mental, la ansiedad y sus complicaciones precisaban de la atención de Dolores. Por otra parte, sus padres habían padecido varios episodios de diferentes dolencias y también dependían mucho de ella. Amén de otras dificultades con los estudios de algunos de sus hijos.

Aunque la renuncia que le causó más tristeza fue la de no viajar a Francia para trabajar allí como lectora. Uno de los profesores le insistía de forma especial, animándola a no abandonar este proyecto, pero era un sueño para ella irrealizable. Era sumamente consciente de la imposibilidad de alejarse de su hogar en esas circunstancias.

A final de septiembre tenía quinto aprobado. No obstante no podía celebrarlo porque le quedaba la dichosa materia de crítica literaria. Como era natural, salvo su ámbito más cercano —*marido e hijos y algunas compañeras*—, nadie conocía su secreto. No era cuestión de ir con una campanilla airando un hecho que los demás no entenderían, y más cuando la mayoría de la gente que la rodeaba hacía muchos años que habían dejado atrás el ámbito académico y todos sus avatares. Todo el mundo la felicitaba y ella fingía alegrarse. Era cierto que estaba contenta por haber completado el quinto curso y con buenas notas, pero no era el alborozo que se presupone debes sentir cuando has terminado la carrera. Muchos lo achacaron a su humildad —*digámoslo así*—.

Un nuevo acontecimiento vino a cambiar la vida de Dolores y la de su ámbito familiar. Su hija *Mayor*, que por entonces trabajaba en Sevilla tras aprobar las oposiciones a la Junta de Andalucía, se separó de su marido e inició los trámites para solicitar una comisión de servicio en Granada. Como esa gestión se alargaría unos meses, se decidió que sus dos hijas pequeñas empezaran el curso escolar en Granada.

El cambio fue difícil para las niñas. Dolores tenía que ingeniárselas con todo lo que estaba a su alcance para que sus nietas llevasen de la mejor manera la ausencia de su madre. Las noches eran especialmente difíciles. Después de la lectura del cuento, les cantaba una nana —*en francés*— para que el sueño acudiese rápido, si bien la mayoría de las veces se hacía de rogar. Tenía que desplegar toda su paciencia y su imaginación hasta que por fin conseguía que se durmieran.

Para ella tampoco fue sencillo volver otra vez a preparar niñas para el colegio, llevarlas, recogerlas y responsabilizarse de todos los cuidados que dos niñas pequeñas requieren. De pronto se veía ejerciendo el mismo rol y ocupando el mismo lugar que años atrás, como si su vida no hubiese cambiado. Miraba al cielo —*un gesto que nunca entendió por qué repetía, si hacía años que había dejado de ser creyente*— preguntándose si es que había venido a este mundo solamente para ser esencialmente madre y ama de casa.

No obstante, este fluir de sentimientos encontrados acontecidos tras esa difícil coyuntura, se alojaba muy adentro de ella y por el contrario solo su mejor cara se translucía hacia el exterior, facilitándoles a las pequeñas la mudanza que también se había producido en sus vidas.

Subía un par de tardes a la facultad para asistir a las clases de crítica literaria. Ya nada era igual, sus amigas estaban todas en Francia trabajando como lectoras. Le parecía que los pasillos habían perdido alegría, apenas si reconocía a alguien. Miraba los corrillos de los grupos, se notaba que muchos eran del primer curso por la ilusión que reflejaban sus rostros, donde todavía no habían aparecido ni los agobios, ni el estrés, ni la desilusión. Asistía a esas clases solamente para tomar apuntes. Se sentía desplazada. No le apetecía tampoco hacer amistades. Estaba harta y cansada.

En casa estudiaba cuando podía, la verdad sin muchas ganas, pero era consciente de que necesitaba terminar lo que había empezado. Lo que si le ilusionó fue obtener el título superior de la Escuela de Idiomas de francés en Motril. Aunque le sorprendió mucho comprobar que fue una de las pocas alumnas que aprobó, y eso que una gran mayoría de los que se habían presentado eran licenciados en Filología francesa. Nunca entendería que esas pruebas pudiesen eclipsar el trabajo de cinco años de carrera.

Con tantas preocupaciones en su quehacer diario, confundió la hora del primer parcial de la crítica literaria. Cuando llegó al aula, el profesor la miró extrañado: quedaban unos minutos para terminar el examen. Salió de allí con ganas de llorar sin entender cómo se había podido despistar y perder esa oportunidad de forma tan absurda. Tendría que ir con toda la materia a la convocatoria de junio.

Su hija pudo por fin conseguir el traslado a Granada, por lo que las tardes volvían a ser suyas y parte de ellas transcurrían repasando aquella dichosa asignatura. Cuando faltaban un par de días para el examen, los nervios se apoderaron de Dolores. La intranquilidad la dominaba, no podía repasar con calma, cambiaba de lugar de estudio continuamente. No había manera de que pudiese quedarse un momento quieta. La habitación en la cual había estudiado durante todos estos años la tenía aborrecida, le producía náuseas. Se dedicó a pasear los apuntes por el pasillo, incluso el baño le parecía un buen refugio. Menos mal que la casa se había quedado casi vacía, le habían hecho el favor de trasladarse al apartamento de la playa para que ella hallase el sosiego que necesitaba.

Y como todo tiene un principio y un final, llegó el día del examen y no encontró dificultad para realizarlo. Pese a ello, la inquietud no se le aplacó, ni siquiera en la playa *—que según aseveran algunos el mar atempera las preocupaciones—*. Como no quedó nadie de su familia en Granada, fue un amigo de su hija *Mediana*, que debía acudir a la facultad para saber la calificación de una de sus materias de las que se había examinado, quien le hizo el favor de ver la suya. Había acordado que llegaría por la tarde con la noticia.

Para no perder la tradición, ese día Dolores apenas si pudo comer, su estómago encogido no le concedió el permiso.

Cuando por fin el chico apareció en el dintel de la puerta, ella se encontraba en el otro extremo del pasillo, pero bastó su mirada y su boca sonriente para que supiera que por fin había acabado la carrera. Esa tarde estuvo como en una nube. ¡Lo había conseguido! ¡Por fin! Todavía le costaba esfuerzo creérselo.

Se sintió bien consigo misma por haber perseverado en los momentos más duros y no haberse dejado arrastrar por el desánimo. Pero esa alegría quedó exteriorizada solo con su familia más íntima. Para todos los demás hacía un año que había finalizado sus estudios.

CONSEGUIDO

Cambio de vida... ¡objetivo conseguido!

Empezó el curso escolar y ella volvió a llevar a las niñas a la escuela y retomó las tareas de una casa de familia numerosa.

Su hijo *Mayor* era el único que había abandonado el hogar tras haber aprobado las oposiciones al cuerpo de policía nacional y se encontraba en Ávila cursando su formación práctica.

A Dolores le quedaba por hacer, como hemos apuntado más arriba, el *CAP* (Curso de adaptación pedagógica) sin el cual no era posible practicar la docencia. Pero por esas fechas se sentía fatigada y saturada. Lo quebraderos de cabezas, entre otros económicos, le robaban la energía que necesitaba para ese menester.

Si bien siempre había estado rodeada de gente que en determinados momentos le daba el empuje que precisaba. En una ocasión fue su hijo *Mayor* quien le facilitó la ayuda para la matrícula de tercero. Esta vez fue el novio de su hija *Mediana*, que en la casa había llegado a ser un hijo más, quien le proporcionó el peculio para esas prácticas. En un principio ella se negó. No obstante, sus hijas la convencieron de que tenía que poner el broche final a la carrera.

Y otra vez retornó a sus prisas mañaneras para llegar a tiempo a todo.

La teoría no resultaba nada complicada y se le pasaban las horas sin apenas darse cuenta. Se trataba de escuchar, tomar apuntes y realizar algunos ejercicios prácticos en clase. Lo que sí le inquietaban eran las prácticas en el instituto.

Sin embargo, llegado el momento, su miedo desapareció de forma casi instantánea en cuanto se encontró delante de los alumnos. Unos pocos nervios al principio que se fugaron en cuanto ella inició su explicación. Los alumnos eran de tercero de la ESO y tenía que enseñarles el cómo y el porqué del complemento directo e indirecto. No era un tema fácil, si bien consiguió realizar una exposición tan clara que el profesor le comentó que era manifiesta su experiencia como docente. Ella se quedó muy sorprendida. Habían pasado muchos años desde que había impartido clases particulares a distintos grupos. En esa época tuvo alumnos desde cuarto y reválida hasta bachillerato y Preu *—somos conscientes de que estos términos suenan antediluvianos—*, además de chicos que trabajaban de botones y camareros en los hoteles. La lengua francesa era por aquel entonces la principal lengua extranjera que se estudiaba y ella una joven despierta recién llegada de tierra extranjera. El mentor que la acompañaba aquel día en sus prácticas le aseguró que aquella destreza con la que ella realizó su labor didáctica no se borraba con los años, y siempre le acompañaría frente a cualquier tipo de alumnos. Su futuro laboral apoyaría la sentencia de aquel profesor.

Salió muy fortalecida de esta práctica. Y decidió presentar su currículo en varios colegios privados. No hubo suerte. Sus compañeros y compañeras de la facultad estaban preparando oposiciones, pero ella no se encontraba con las fuerzas necesarias para emprender ese camino. En su cabeza no cabía por ahora más presión. Su madre había caído en una depresión severa además de sufrir una insuficiencia cardiaca. Ahora Dolores tenía que dividirse entre su casa y la de sus progenitores.

Pese a todo este panorama, cuando su madre se estabilizó decidió hacer un viaje a Francia aprovechando que su amiga francesa iba a pasar una semana con sus padres. Sus hijas la apoyaron totalmente recayendo en ellas todas las responsabilidades del hogar durante toda su ausencia. Tenemos que insistir en la buena comunicación que existía con todos sus hijos. El hecho incluso de haber estudiado junto a dos de sus hijas les había unido aún más. Y todos comprendían la necesidad de su madre de realizar ese viaje.

Su marido, en un principio se mostró disconforme ante la intención de su mujer de alejarse del hogar, pero tras varias conversaciones acabó por aceptarlo. Y fue su hija *Mayor* esta vez quien reportó la ayuda económica para allanar el camino y que todo fuese más fácil.

El trayecto lo realizó en un autobús nocturno. Era lo más económico. A pesar de las incomodidades del asiento y de lo pesado que resultaba bajo esas condiciones un viaje tan largo, estaba tan contenta de pisar suelo francés que todo lo demás le parecía muy soportable.

El padre de su amiga las recogió en San Juan de Luz y después se hizo el trayecto en coche hasta Tarbes, ciudad fronteriza en los Altos Pirineos. Ellos vivían en la campiña, en una hermosa casa rodeada de un bonito jardín y de un vasto huerto. Fue una semana maravillosa. Los padres hicieron todo lo que estaba a su alcance para que descansara y disfrutara de una cocina exquisita. Los cruasanes recién horneados untados de mantequilla y mermelada casera eran un premio con el que se deleitaba cada mañana. Ese placer y otros como el *confit de foie* aumentaron su peso en un par de kilos más *—pero esa es ya otra historia...—*.

Esta familia se empeñó en que se encontrara a gusto y lo lograron. Además, el hablar solo en francés le reportaba un goce íntimo infinito. Tanto se incrustó la lengua dentro de ella que a su vuelta soñaba ya en francés.

El tiempo fue deslizándose con la rutina necesaria para que la vida continuara su curso sorteando las curvas y recovecos.

Un día su hija *Mayor*, que en aquel tiempo trabajaba en la delegación de Educación, le comunicó que se había abierto una bolsa para los enseñantes de francés pero que no se hiciera ilusiones, que era una cuestión política porque pronto habría elecciones.

Dolores ni se ilusionó ni volvió a preocuparse por ello. En esos momentos estaba interesada en un curso que había convocado el Instituto de la Mujer para mujeres emprendedoras. Su hija *Menor*, que estaba concluyendo sus estudios universitarios en Educación Infantil se sumó a esta actividad. Tenían en mente un proyecto que les agradaba. Montar un centro donde los padres podrían dejar a sus hijos por las tardes. Se incluía estudio dirigido, taller de lectura, juegos populares y además la merienda. Incluso encontraron el local adecuado. Trabajaron durante unos meses en ello, pero al final se lo rechazaron. La explicación que esgrimieron fue que se parecía demasiado a una academia y en Granada había ya demasiadas, por lo que el proyecto no era viable. Con todo no se desanimaron y siguieron buscando. Encontraron un centro infantil que se traspasaba. Les gustó la ubicación y el centro, aunque había que realizar demasiadas reformas. Hicieron sus cuentas y comprobaron que no poseían el capital necesario para este proyecto, además que con los alumnos que ahora mismo tenían matriculados, no se llegaba a costear los gastos.

Ahora sí que el desánimo se coló dentro de Dolores. Ella intentaba disimular todo lo que podía. Prosiguió con su quehacer diario que se veía interrumpido por la mala salud de sus progenitores. Su padre tuvo una hemiplejia que le paralizó la parte izquierda de su cuerpo. Después de las semanas de hospital, en casa había que ayudarle a vestirse. Hombre dotado de una gran fortaleza y protector implacable en relación a su autonomía personal, solo consintió que su hija lo vistiese un día. Los siguientes, cuando ella llegaba a las ocho de la mañana, se encontraba a su padre completamente vestido. Con un esfuerzo extraordinario se había levantado a las cinco de la mañana y poquito a poquito, pacientemente había conseguido estar listo para ahorrarle a su hija ese trabajo y él sentirse bien.

Y sin ningún cambio digno de ser nombrado, pasó el verano y Dolores seguía con sus rutinas de cuidados. Con algo de tristeza había aceptado su destino. Y así llegó el mes de enero cuando su padre volvió a ingresar con un nuevo problema de corazón. Transcurrida una semana, se encontraba muy recuperado. Un par de días antes de que le dieran de alta, se produjo en la vida de Dolores una gran perturbación.

No había terminado todavía de desayunar cuando sonó el teléfono. Llamaban de la Delegación de Educación, su hija no trabajaba ya ahí, se había incorporado a otro organismo público, a su plaza definitiva. Comunicaron a Dolores una oferta de trabajo, una sustitución por un periodo de quince días en Caniles, un pequeño pueblo en el norte de la provincia de Granada. Le daban veinticuatro horas para pasarse por Delegación. La mujer se quedó sin habla, inquieta, sin saber qué hacer. Entró en su dormitorio donde su marido *—que ya estaba prejubilado—* todavía estaba en la cama y le puso al corriente de lo que ocurría. Él sin pensárselo le espetó que renunciara y siguió acostado.

Ella cerró la puerta muy despacio. A continuación se sentó en una silla e intentó calmarse y pensar. Se preguntó si después de tantos esfuerzos, iba ahora a tirar la toalla. La respuesta fue rotunda: no. El sacrificio, el empeño y el trabajo que había soportado durante años no podían acabar olvidados permaneciendo como único testigo un título colgado en la pared.

Además, solo se trataba de quince días, aunque lo importante era que se le abría una puerta. Lo que debía hacer era organizarse. Le preocupaban sus padres, si bien sabía que ellos lo iban a entender. Únicamente se trataba de buscar la persona idónea para que se ocupase de ellos diariamente.

Al día siguiente en la Delegación *—nerviosa de nuevo como aquel flan en su platillo—*, escuchó de mano de la funcionaria que se había quedado una plaza vacante en Granada para una sustitución de un mes. Sintió que una inmensa alegría la invadía. De repente el camino se alisaba considerablemente. Tenía que incorporarse al día siguiente.

Entró en el instituto. «Por fin estás aquí», se dijo interiormente. «Tranquila». No obstante, decirse eso resultaba sencillo, lograrlo era otra cuestión. Exteriormente, mujer educada en el arte del disimulo, nadie debía notar cómo estaba ni lo que pensaba. El centro aparecía en calma con todos los alumnos dentro de sus aulas. Se presentó al jefe de estudios. Este por la edad de Dolores supuso que era una interina con mucha experiencia —*de pata negra, como solían llamarse y hoy en día también—*. Le entregó el horario y sin más explicaciones la acompañó al aula porque tenía clase a esa misma hora. El grupo era del segundo curso de la Eso. El compañero se fue tras unas recomendaciones a los alumnos y ella se encontró sola ante el peligro.

Sin embargo, esa desazón le duraría solo un instante. Enseguida comenzó con las presentaciones utilizando la lengua francesa, y se fue sintiendo cada vez más segura de tal manera que al finalizar la hora de clase, el trabajo había resultado fructífero y el tiempo había transcurrido sin apenas darse cuenta. Lo mismo sucedió con la siguiente clase. Eran alumnos que todavía cursaban el COU *—sería el último curso—*. Trabajar con ellos resultó muy provechoso, el grupo era pequeño, además habían escogido el francés como primera lengua extranjera lo que señalaba la existencia de una motivación intrínseca. Este acicate lo recordaría como algo especial; más adelante comprobaría que era una materia que no interesaba a una gran mayoría por no encontrarla ni útil ni interesante.

Estaba sustituyendo a una catedrática por lo que tenía un horario privilegiado. Se pasaba muchas horas en el departamento poniéndose al día con todo el material del que disponía. Ese departamento era un lujo, tenía gran tradición de grandes catedráticos en lengua francesa: amplio, provisto de mucho material didáctico y sobre todo no lo compartía con nadie. En la mayoría donde después trabajaría, tendría que compartirlo con los compañeros de lengua inglesa.

En la sala de profesores permanecía poco rato, lo justo para trabar relación con los compañeros. Lo que no le gustaba perderse era la hora del recreo en la cafetería, separada de la del resto del alumnado. Esto tampoco volvería a verlo puesto que los siguientes institutos serían de construcción más reciente y en ellos se compartía este espacio.

La casa seguía funcionando. Todo el mundo echaba una mano. Y sus padres eran atendidos por una cuidadora que contactaron a través de la parroquia de su barrio. Dolores se sentía feliz y aseguraba que se conformaba con trabajar haciendo sustituciones de forma intermitente.

Si bien, a los pocos días de terminar su sustitución, la llamaron de nuevo para cubrir una plaza en un instituto de Motril. Aquí permanecería hasta final de curso. Pese a que los grupos eran muy numerosos y de diferentes cursos, lo que le originaba una gran tarea a la hora de preparar clases y de corregir ejercicios y exámenes, iba feliz a trabajar.

Tenía que ingeniar formas diversas para que los chicos trabajasen. Como ya hemos comentado, no era una materia que les motivaba, no la encontraban necesaria, como por ejemplo la lengua inglesa.

Incluso en algunos casos, había hasta rechazo y cierta antipatía que no sabía explicar muy bien pero que venía de lejos.

Sus clases se caracterizaban por ser dinámicas. Recurrió a diferentes estrategias para hacer esta materia más atractiva utilizando la música para algunos ejercicios, y por otra parte pequeñas teatralizaciones para de esta forma practicar la parte oral de la lengua francesa. Nunca volvía derrotada, al contrario, no dejaba de buscar la forma de despojar a su asignatura de esa fama que los alumnos habían interiorizado, sobre que se trataba de adquirir un conocimiento que no les iba a aportar utilidad alguna.

Era tutora de un grupo bastante difícil de alumnos de tercero de Eso. La mañana del lunes era complicada, tenía tres horas seguidas al mismo grupo. Los compañeros la miraban asombrados de que no se quejase, por el contrario, se la veía bien. Ella siempre les respondía que era mucho más duro estar en casa criando cinco hijos y sin cobrar.

Cuando terminó el curso se sentía con mucha vitalidad y con ganas de ir aprendiendo técnicas nuevas para despertar el interés del alumnado.

Disfrutó del verano como hacía años que no lo hacía. Se sentía realizada. Sí, sabemos que esta palabra ha sido repetida y utilizada tan alegremente a lo largo de años que quizás haya perdido su esencia. Sin embargo, aquí, en este contexto es la palabra adecuada. Se sentía bien consigo misma: en primer lugar, por el esfuerzo realizado, luego la oportunidad de llevar a cabo ese trabajo que le encantaba y por último, pero no por eso menos importante, la nómina a final de mes. Ahora ir de compras se había convertido en un acto diferente. Antes lo odiaba siempre pendiente de los precios, del presupuesto más que ajustado. No es que fuese una gran aficionada a las compras, pero en este momento se lo podía permitir y ese hecho suponía un cambio de perspectiva en muchas de sus acciones.

Debido a la introducción del francés como segunda lengua extranjera en la Eso, y su obligatoriedad en los dos cursos de bachillerato, las plazas para docentes de francés proliferaban. Dolores estaba casi segura de que para el próximo curso le adjudicarían seguramente una vacante.

Y no se equivocaba. Lo que nunca pensó fue que ese destino se encontrase tan lejos. La plaza asignada se hallaba en el último pueblo de la provincia de Jaén, en la zona norte, colindante con Castilla la Mancha: Siles, un pueblo de montaña. Se enteraría más adelante de que ese puesto y el de Santiago de la Espada eran rehuidos por lo alejados que se encontraban de cualquier centro urbano. El frío que hacía en esa sierra y el peligro cuando nevaba por esas carreteras de montaña, lograba que la gente se planteara ese destino.

Con el coche cargado hasta los topes emprendieron el viaje. El cielo plagado de nubarrones obscuros presagiaba lluvia. Tuvieron que parar en la delegación de Jaén para recoger los papeles de adjudicación de plaza. Y otra segunda parada fue en Villanueva del arzobispo, donde dejaron a una compañera que también los acompañaba y que había conseguido plaza en ese lugar.

Continuaron viaje por esa zona por la que nunca habían transitado, por lo que el camino resultaba más complicado. En un momento dado la lluvia arreció con fuerza y las obras en la carretera impedían que el coche avanzara con más alegría. Habría que añadir que las malas señalizaciones de entonces lograron que se equivocaran de ruta por lo que el periplo se eternizó. Y para hacer el recorrido aún más engorroso, cuando quedaban pocos kilómetros para llegar, empezó a llover de forma torrencial dificultando la visión de la carretera. Les pareció increíble cuando por fin avistaron el cartel que anunciaba su entrada en Siles. No tardaron en dar con el instituto que estaba a la entrada del pueblo.

Cuando Dolores se presentó, eran casi las dos de la tarde. El centro parecía desierto, solo el conserje —por cierto muy amable— le dijo que la reunión había concluido y que se presentara al siguiente día por la mañana.

Lo más acuciante en ese momento era buscar dónde alojarse. Subieron una cuesta bastante empinada, característica de estos pueblos de montaña, llegando hasta el paseo principal que se suponía era el centro del pueblo y que también se mostraba desierto. Las precipitaciones seguían cayendo con rabia lo que hacía complicado buscar aparcamiento. Una vez subsanado el problema, decidieron entrar en el único bar que se veía por esa zona. El local era amplio y había bastantes clientes.

La pareja no tenía hambre, pero supusieron que seguramente en este lugar sabrían de algún alojamiento. Dolores tenía los nervios alojados en el estómago ante el cambio que se estaba produciendo en su vida y al marido *—hombre de ciudad y granadino de pura cepa—* no le agradaba nada la idea de vivir en este pueblo olvidado de la mano de dios. Eso fue lo que pensó en ese momento. Si ese día le hubiesen dicho que llegarían a sentirse realmente felices en aquel lugar, a enamorarse de él y a hacer buenas amistades, no se lo hubieran creído.

Pidieron alguna ración, aunque comieron poco, cada uno por distintos motivos, con la zozobra metida en el cuerpo. Luego hablaron con el dueño del establecimiento para que les diese información sobre viviendas dispuestas para el alquiler. La respuesta les dejó preocupados. A causa de las obras de la carretera, casi todo estaba ocupado y la mayoría de los profesores que venían de fuera las habían alquilado en verano. Solo conocía una dirección. Hasta allí se dirigió el matrimonio. La dueña les agradó. Sumamente amable les condujo hacia la casa que se encontraba al lado del paseo. Les gustó la ubicación del inmueble. Había dejado de llover por fin. El sol de septiembre lucía hermoso haciendo brillar las hojas de los majestuosos árboles que poblaban este ancho paseo confiriéndole señorío y belleza al entorno que ahora hacían suyo.

La vivienda era un bajo algo peculiar. Todo muy limpio pero la distribución resultaba singular. Justo en la entrada había que bajar un escalón para acceder a una especie de comedor con cocina. Luego subir un escalón para ir al baño y por último un dormitorio amplio pero sin ventana. Un patio interior, donde no faltaba otro escalón, daba acceso a otro dormitorio. Pese a todo a Dolores le gustó la casa. Tenía lo imprescindible para vivir unos meses, se veía todo muy limpio y el emplazamiento era inmejorable. Con todo tampoco hubiera imaginado que se quedaría en el pueblo nueve años, que aquí prepararía sus oposiciones y que se mudaría de casa tres veces hasta encontrar un ático precioso donde pasaría los dos últimos años.

Esa tarde visitaron otros pisos y aunque algunos eran de construcción más moderna, se encontraban ubicados en pequeñas callejuelas que les conferían cierta tristeza. Además, demasiado alejados de la zona centro, el único lugar en el que se percibía un poco de movimiento. Al final el emplazamiento de la peculiar y primera viviendo logró que se decidieran por ella. Asimismo, el instituto no se encontraba nada lejos, solo tenía que bajar una cuesta durante un recorrido de unos diez minutos.

La noche había caído cuando Dolores empezó a vaciar su maleta. Su marido la miró con ojos tristes y le comunicó que por ahora él no se iba a quedar allí acompañándola durante todo el curso escolar. Que necesitaba tiempo para hacerse a este lugar. Que se iría en los próximos días y que la visitaría de vez en cuando.

Ella lo asumió perfectamente y le instó a que se tomara todo el tiempo que precisara, que no se preocupara, que ella iba a estar bien. Y así se sentía. Al tener ya la vivienda asegurada y comprobada la amabilidad de todas las personas que esa tarde había conocido, el desasosiego había desaparecido por completo. Lo único que no funcionaba bien era el móvil —*sí, ahora en esos años el móvil se había popularizado de tal forma que se convirtió en una herramienta imprescindible*—. Dentro de la casa, apenas si llegaba la señal —*todavía existían algunas dificultades en la telefonía móvil*—. Sin embargo, la cabina de teléfonos estaba cerca y desde allí pudo llamar a su familia para narrarles todo lo vivido y acontecido. Estaba tan ilusionada que nada le suponía ya un escollo insalvable. Ordenó su ropa y lo dejó todo preparado para el día siguiente. Después de tantas emociones, pudo conciliar el sueño reparador que permitió su necesario descanso.

Madrugó y lo hizo con ganas. Le gustaba disponer tranquilamente de su tiempo. Después de la ducha revitalizante, se arregló y salió de la casa. Pese a estar algo excitada por el desconocimiento de lo que le esperaba, se sentía animada camino de su nuevo instituto.

El día no podía ser más radiante. Un espléndido sol le iluminó el rostro y el aire limpio, que aspiró con fruición, se coló en sus pulmones, llenándola de energía. Le gustaba el paisaje que se abría ante sus ojos, la naturaleza en pleno parecía darle la bienvenida. Mientras iba bajando la cuesta, un par de ardillas la sorprendieron al saltar de un árbol a otro; se detuvo a mirarlas y sonrió feliz. Reanudó el trayecto y contenta dijo para sí:

«¡Dolores, cómo te ha cambiado la vida!».

Agradecimientos

A mi nieta Julia por sus ideas creativas, su empeño y su buen criterio para que las ilustraciones de este libro tuvieran ese toque de imágenes y color que lo han convertido en algo especial.

A mi hija Mari Loli por encontrar siempre el momento, pese a sus múltiples obligaciones, para repasar y corregir este libro.

Y a mis hijos: Beatriz, José Luis, Silvia y David. Mis nietas: Bea, Andrea, Carla y Leonor y mi nieto Lorenzo que siempre están detrás animándome y que son mis mejores fans.

A mi amiga Marina que ha asistido a muchos de los acontecimientos que aquí son narrados y, que conseguía que me sintiese valorada.

Y por supuesto a todas las lectoras y como no de igual modo a todos los lectores que han buscado un hueco para dedicárselo a la lectura de este libro.

Índice

Este libro se terminó de editar en Granada
en marzo de 2024 por

www.aliarediciones.es

info@aliarediciones.es